es.

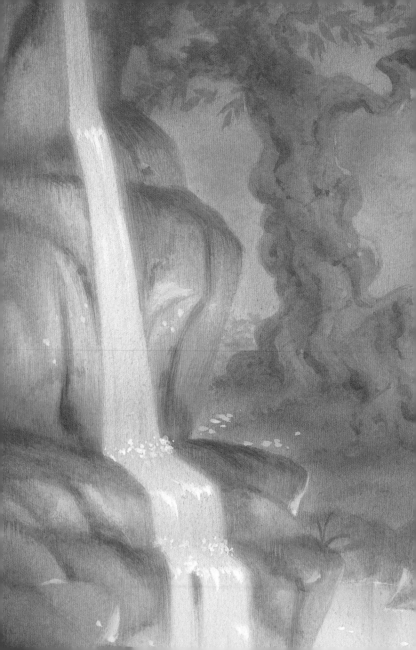

Beck et la bataille des mûres

TEXTE
LAURA DRISCOLL

ADAPTATION
KATHERINE QUENOT

ILLUSTRATIONS
JUDITH HOLMES CLARKE
& THE DISNEY STORYBOOK ARTISTS

PRESSES AVENTURE

© 2008 par Disney Enterprises, Inc. Tous droits réservés aux niveaux
international et panaméricain, selon la convention des droits d'auteurs aux
États-Unis, par Random House Inc., New York et simultanément au Canada,
par Random House du Canada Limité, Toronto, concurremment avec
Disney Enterprises Inc.

Publié par Presses Aventure, une division
de Les Publications Modus Vivendi Inc.
55, rue Jean-Talon Ouest, 2ᵉ étage
Montréal (Québec) Canada H2R 2W8

Paru sous le titre original : *Disney Fairies, Beck and the Great Berry Battle*

Dépôt légal - Bibliothèque et Archives nationales du Québec, 2009
Dépôt légal - Bibliothèque et Archives Canada, 2009

ISBN : 978-2-89543-990-5

Nous reconnaissons l'aide financière du gouvernement du Canada par
l'entremise du Programme d'aide au développement de l'industrie
de l'édition (PADIÉ) pour nos activités d'édition.

Gouvernement du Québec – Programme de crédit d'impôt
pour l'édition de livres – Gestion SODEC

Imprimé en Chine.

Tout sur les fées

Si vous vous dirigez vers la deuxième étoile sur votre droite, puis que vous volez droit devant vous jusqu'au matin, vous arriverez au Pays Imaginaire. C'est une île enchantée où les sirènes s'amusent gaiement et où les enfants ne grandissent jamais : c'est pour cela qu'on l'appelle l'île du Jamais.

Quand vous serez là-bas, vous entendrez sûrement le tintement de petites clochettes. Suivez ce son doux et léger et vous parviendrez alors à Pixie Hollow, qui est le cœur secret du Pays Imaginaire.

Au centre de Pixie Hollow s'élève l'Arbre-aux-Dames, un grand et vénérable érable, où vivent et s'affairent des centaines de fées et d'hommes-hirondelles. Certains d'entre eux excellent en magie aquatique, d'autres volent plus vite que le vent et d'autres encore savent parler aux animaux. C'est que, voyez-vous, Pixie Hollow est le Royaume des Fées et chacune de celles qui habitent là a un talent unique et extraordinaire...

Non loin de l'Arbre-aux-Dames, nichée dans les branches d'une aubépine, veille Maman Colombe, le plus magique de tous ces êtres magiques. Jour et nuit, elle couve son œuf tout en gardant un œil vigilant sur ses chères fées qui, à leur tour, la protègent de tout leur amour.

Aussi longtemps que l'œuf magique de Maman Colombe existera, qu'il sera beau, bleu, lisse et brillant comme au premier jour, aucun des êtres qui peuplent le Pays Imaginaire ne vieillira. Il était arrivé pourtant un jour que cet œuf soit brisé. Mais nous n'allons pas raconter ici le périple de l'œuf. Place maintenant à l'histoire de Beck !

1

Un petit écureuil, qui était perché sur un tronc d'arbre mort, s'arrêta brusquement de mastiquer ses graines. Deux petites fées passaient devant lui en volant de concert. Elles semblaient très pressées.

– C'est vraiment gentil de venir avec moi, Beck! dit l'une à l'autre d'un air extrêmement préoccupé. On ne sait vraiment plus quoi faire. Ce bébé raton laveur qui est arrivé dans nos jardins ce matin a englouti toutes les framboises du potager d'Ombellie. Et après, il s'est mis à déterrer la menthe de Rosetta ! On a voulu le faire partir, mais il s'est contenté d'aller un peu plus loin. Et maintenant, il est assis sur une souche à côté de la Barbotine, d'où il refuse de bouger. Aucune des Soigneuses ne comprend un traître mot de ce qu'il raconte...

Beck sourit, tandis que les deux fées s'approchaient de la Barbotine.

– Ne t'inquiète pas, Latia, dit-elle. On va trouver une solution.

– Ah, répondit la fée Forestière en soupirant de soulagement, s'il y a une fée qui peut nous tirer de là, ce ne peut être que toi, Beck !

Toutes les fées du Pays Imaginaire étaient d'accord là-dessus : Beck était l'une des meilleures Soigneuses de Pixie Hollow. Elle adorait être entourée d'animaux, des plus petits insectes aux plus gros mammifères. Bien sûr, il fallait reconnaître que les serpents étaient un peu grognons, les putois plutôt imprévisibles et les faucons tout simplement dangereux ! Mais, globalement, Beck adorait ce monde animal dont elle avait l'impression de faire partie. Il lui arrivait même en secret de souhaiter, elle aussi, être un animal…

Comme toutes les Soigneuses, la fée avait un don pour parler aux animaux. Là où les autres fées de Pixie Hollow ne percevaient que du bruit, les Soigneuses entendaient bien autre chose. Pour elles, le gazouillement des oiseaux, le couinement des souris ou le caquettement des écureuils étaient aussi clairs et compréhensibles que des mots et des phrases.

En outre, Beck avait un don spécial pour parler aux bébés animaux. Ce talent supplémentaire tenait sans doute au fait que la fée était très joueuse. Elle était toujours partante pour faire une partie de cache-cache avec les jeunes écureuils ou des concours de sauts périlleux avec les bébés hérissons. Et même quand un animal était trop jeune pour pouvoir parler, Beck le comprenait. La Reine Clarion disait de la Soigneuse qu'elle était si proche des animaux qu'elle ressentait directement leurs émotions. Mais ce pouvoir était à double tranchant, car Beck pouvait devenir aussi triste et effrayée que l'animal en détresse qu'elle cherchait à aider.

C'est pour toutes ces raisons que l'on pensa immédiatement à l'appeler quand le bébé raton laveur se réfugia sur sa souche et refusa d'en bouger. Latia, qui connaissait tous les raccourcis de Pixie Hollow grâce à son talent de Forestière, fut désignée pour aller la chercher.

Cinq minutes plus tard, après un vol sans encombres, les deux fées arrivèrent en vue de la Barbotine. Elles aperçurent immédiatement le bébé raton laveur sur sa souche d'arbre. Il s'agrippait à une tige de menthe qu'il avait cueillie dans le jardin de Rosetta. Une douzaine de Soigneurs et de Soigneuses voletaient autour de lui, telle une nuée de petites étoiles lumineuses.

– Beck est arrivée! lança Latia à la ronde.

Toutes les fées se retournèrent.

– Oh, Dieu merci! répondit Fawn.

Fawn était l'une des meilleures amies de Beck. La prenant par le bras, elle l'entraîna vers la souche.

– Tu dois nous aider, Beck, dit-elle. Ce pauvre petit bonhomme ne veut pas bouger. On ne sait même pas d'où il vient!

Poussée par Fawn, Beck se retrouva face au bébé raton laveur. Lorsqu'il vit les deux fées, le petit animal leva la tête et geignit faiblement.

– Bonjour, toi! lui dit Beck en langage Raton Laveur. Je m'appelle Beck. Et toi?

En guise de réponse, le raton laveur laissa échapper un nouveau gémissement. Il se cacha la figure dans les pattes en se frottant le nez contre sa tige de menthe.

– Oh, ne pleure pas ! s'écria Beck.

Voletant au-dessus de lui, elle caressa la fourrure veloutée de sa petite tête. Mais le bébé raton laveur se mit à se balancer d'avant en arrière. Il était si triste et terrifié que la Soigneuse commença à se sentir gagnée, elle aussi, par un sentiment de tristesse et que sa lèvre se mit à trembler. Mais elle se redressa et, s'éclaircissant la gorge, se força à être joyeuse. Si elle n'y prenait pas garde, elle finirait par pleurer avec lui, et ce n'était vraiment pas ainsi que le problème serait résolu !

– Allons, allons, lui dit Beck en souriant, ne pleure pas, mon petit prince. Quelle idée de pleurer, alors que tu pourrais jouer avec moi !

À ces mots, le petit raton laveur redressa la tête. Pour la première fois, il regarda Beck. Celle-ci lui renvoya un sourire encourageant.

– Je ne plaisante pas, reprit la Soigneuse en lui caressant le bout du nez. Je connais un jeu qui

16

nous plairait à tous les deux. Ça s'appelle : « Trouvez la fée ».

Et, sur ces mots, Beck partit comme une flèche. Elle contourna le raton laveur pour revenir par-derrière lui taper sur l'épaule.

– Je suis là ! lui cria-t-elle.

Avec un couinement de surprise, l'animal se retourna. Mais Beck était déjà repartie. Où était-elle ? Le petit raton laveur avait beau chercher des yeux, il ne la voyait pas. Tandis qu'il scrutait le ciel, la fée se posa doucement au pied de la souche. S'avançant sur la pointe des pieds, elle se glissa au-dessous du petit animal puis, tendant la main, lui pinça l'orteil.

– Non, pas là, ici ! s'exclama-t-elle, tandis que d'un bond elle jaillissait devant lui en battant des ailes.

Le petit raton laissa échapper une sorte de crissement saccadé. Mais oui, c'était un rire, un rire de raton laveur ! Toutes les fées se regardèrent en souriant jusqu'aux oreilles. Beck avait réussi, une fois de plus...

Celle-ci rayonnait. C'était un tel soulagement de voir que ce pauvre petit bonhomme se sentait mieux !

– Ce jeu te plaît ? lui demanda-t-elle. On refait une partie ? Sinon, tu peux me raconter ce qui ne va pas, si tu veux...

Un silence s'ensuivit. Les fées retenaient leur souffle. Soudain, le raton laveur laissa échapper un petit couinement :

– Grak ! fit-il.

Du moins, c'est ce qu'entendirent les fées qui ne parlaient pas le Raton Laveur. Beck, elle, avait compris. Le raton laveur avait seulement dit : « Perdu ».

La fée réalisait maintenant à quel point l'animal était encore petit, parce qu'il parlait comme un bébé. Le pauvre la regardait avec de grands yeux apeurés.

– Perdu ! dit-il encore.

– Oh, pauvre chéri ! répondit Beck, touchée au cœur. Mais où habites-tu ?

– Moi, habite… commença le raton laveur.

– Oui ? l'encouragea Beck.

– Habite… dit-il encore.

Le petit animal regardait la tige de menthe qu'il tenait toujours serrée entre ses pattes. Soudain, il l'agita devant Beck, comme s'il voulait lui faire comprendre quelque chose.

– Habite là, répéta-t-il une nouvelle fois. Habite menthe !

– Quoi ? demanda Beck, si étonnée qu'elle en oublia de parler en Raton Laveur.

La Soigneuse regarda les autres fées qui s'étaient rassemblées autour d'elle. Même celles qui comprenaient le Raton Laveur avaient l'air perplexe.

– Qu'est-ce qu'il a dit ? interrogea Latia.

– Il a dit qu'il habitait dans de la menthe, traduisit Beck. Je ne comprends pas.

– Dans de la menthe ? répéta Latia pensivement. Je me demande si... oh, Beck ! Je crois savoir où il habite !

Peu après, les deux fées volaient à travers bois, le petit raton laveur sur les talons. Latia donna quelques explications à Beck.

– Te souviens-tu quand Rosetta a planté son carré de menthe, il y a quelques années ? fit-elle. Elle m'avait demandé de lui rapporter des boutures de menthe sauvage de la forêt parce qu'elle aimait leur parfum. J'en avais trouvé dans un massif à la base d'un arbre creux, à la lisière de Pixie Hollow. Je parierais que la famille de notre petit ami vit dans cet arbre ! Bien sûr, je ne pourrais pas le jurer...

Beck acquiesça.

– Tu as sûrement raison, dit-elle. Cela expliquerait pourquoi il s'intéresse tant à la menthe de Rosetta. Elle doit lui rappeler sa...

– Maison ! s'exclama à ce moment-là le petit raton laveur en se mettant à courir plus vite.

Beck et Latia levèrent la tête. La Forestière avait vu juste. Elles étaient arrivées au grand arbre creux. Au pied du tronc se trouvait tout un massif de feuilles de menthe dans lesquelles jouait un autre bébé raton laveur. C'était une fille, qui semblait à peu près du même âge que leur petit protégé. Celui-ci était si pressé de rentrer chez lui qu'il se cogna dans sa petite sœur. Tous deux roulèrent au pied de l'arbre en poussant des piaillements de bonheur. Il n'y avait plus aucun doute : le petit raton laveur avait retrouvé sa maison !

Peu après, tout était rentré dans l'ordre. Beck expliqua ce qui s'était passé à la maman du bébé raton laveur, qui la remercia à n'en plus finir. Elle lui offrit même une vieille feuille de chou toute gluante, ce qui était un cadeau de choix de la part d'un raton laveur.

– Merci infiniment, mais vous ne devriez pas ! protesta poliment Beck.

Après avoir dit au revoir au bébé raton laveur, elle repartit avec Latia. Tandis que les deux fées survolaient un fourré, la Soigneuse repéra Grand-Mère Taupe qui sortait d'un tunnel.

– Oh ! Latia, s'écria-t-elle, peux-tu continuer sans moi ? J'ai une petite visite à faire.

Grand-Mère Taupe était la taupe la plus âgée du Pays Imaginaire et c'était aussi une amie très chère de Beck. Grand-Père Taupe et elle n'avaient jamais eu d'enfants, mais on les appelait quand même Grand-Père et Grand-Mère dans tout Pixie Hollow. Beck se posa à côté d'elle.

– Bonjour Grand-Mère ! la salua-t-elle en langue Taupe.

– C'est bien toi, Beck ? s'écria la vieille taupe en produisant une série de raclements de la gorge et de sifflements du nez.

– Oui, c'est bien moi, répondit la Soigneuse. Je volais dans le coin et je t'ai aperçue. Comment ça va sous terre, Grand-Mère ?

– Très bien, lui répondit celle-ci.

Et elle se lança alors dans la description de leurs derniers projets de tunnel.

– Mais il y a encore bien mieux, ajouta-t-elle. L'une des nôtres vient d'avoir des bébés ! Quatre bébés taupes absolument magnifiques. Viens donc les voir un de ces jours, tu pourrais leur apprendre à jouer à Coucou-me-voilà !

Beck sourit.

– C'est vraiment une très bonne...

À ce moment-là, le vieux Grand-Père Taupe sortit du tunnel en se cognant à Beck.

– Oups ! fit-il avec un petit rire gêné en clignant des yeux dans la direction approximative de Beck. Pardonnez-moi, monsieur ! Je devais être un peu distrait...

Après un petit rire gêné, il s'éloigna de sa démarche zigzagante habituelle.

Grand-Mère Taupe pouffait de rire. La méprise de son mari la mettait en joie. Beck n'avait pas pu se retenir de rire non plus. Toutes les taupes sont myopes, mais Grand-Père Taupe battait tous les records !

Après avoir dit adieu à Grand-Mère Taupe, elle repartit vers l'est, en direction de l'Arbre-aux-

Dames. La Soigneuse souriait en volant. Elle se sentait remplie d'un profond sentiment de bien-être. Peut-être était-ce lié au fait qu'elle avait aidé le bébé raton laveur à rentrer chez lui. Ou bien, c'était grâce à cette bonne nouvelle de la naissance des bébés taupes. Quoi qu'il en soit, à cet instant, il semblait à Beck que le monde était en parfaite harmonie.

Soudain, au moment où elle franchissait la rivière, un cri lui parvint. Était-ce elle qu'on appelait ? Comme elle ralentissait, il n'y eut plus de doute.

– Beck ! Be-e-e-eck ! Attends ! Attends-moi !

La fée s'arrêta. Elle se mit à voleter sur place en regardant de tous côtés. D'où venait cet appel ? Rien à gauche. Rien à droite. Elle se retourna pour regarder derrière elle et c'est alors qu'elle vit un jeune colibri qui fonçait dans sa direction. L'oiseau criait du plus fort qu'il pouvait : « Beck ! À l'aide ! À l'a-a-a-a-aide ! »

2

Le jeune colibri essaya bien de freiner, mais il était trop tard : il avait trop d'élan. Beck tenta de l'esquiver en faisant un écart à droite. Malheureusement, le colibri eut la même idée au même moment. Déviant brusquement vers la gauche, il percuta la fée de plein fouet.

Le choc projeta Beck en arrière.

– C'est toi, Picouic ? s'exclama-t-elle en se mettant à parler en Oiseau.

Elle secoua la tête pour s'éclaircir les idées.

– Mais que se passe-t-il encore? demanda-t-elle.

La fée connaissait bien Picouic. C'était un petit colibri toujours énervé. Il était même tellement surexcité que, parfois, son cerveau allait plus vite que sa bouche.

– Je suis d-d-désolé, B-B-Beck! pépia-t-il d'une petite voix aiguë en bégayant.

Le jeune colibri était en effervescence. Il allait et venait dans les airs en battant des ailes si vite que la vision de Beck se brouillait. Encore sonnée après la collision, la fée avait la tête qui tournait à force d'essayer de le suivre des yeux. Le petit colibri ne restait jamais plus d'une seconde à la même place!

– Je... je t'ai t'ai vu p-p-passer en volant, dit-il. T-t-tu tu dois nous aider, nous les c-c-colibris. C'est une u-u-urgence!

Retrouvant peu à peu ses esprits, Beck sourit. Combien de fois n'avait-elle pas entendu Picouic parler d'urgence ? C'était un gentil petit oiseau, bon et franc (sans compter qu'il était, parmi tous les animaux de Pixie Hollow, le meilleur joueur à chat !) et Beck l'aimait de tout son cœur. Mais il se mettait souvent dans tous ses états pour presque rien.

Dès qu'il avait besoin d'aide, Picouic fonçait voir Beck. En général, il était en pleine panique, comme aujourd'hui. Une fois que Beck avait compris la situation, elle lui prouvait qu'il n'avait aucune inquiétude à se faire. C'était sans doute encore une situation de ce genre aujourd'hui. Ouvrant ses ailes, la fée reprit la direction de l'est en faisant signe au colibri de la suivre.

– Allons, Picouic, lui dit-elle en pépiant comme un oiseau, je rentre à l'Arbre-aux-Dames. Viens avec moi ! Comme ça, tu pourras me dire en chemin ce qui ne va pas.

Mais Picouic se précipita derrière Beck en protestant :

– Mais m-m-mais, tu ne comprends pas ! Il faut que tu v-v-viennes avec moi jusqu'au nid. Vite !

Sans s'arrêter de voler, Beck réfléchit à ce qu'elle devait faire. Il n'était pas facile de savoir comment s'y prendre avec Picouic quand il était en crise. Car sa nervosité était contagieuse. Beck avait l'absolue certitude que, comme d'habitude, tout allait bien et que le petit colibri s'affolait pour rien. Mais la panique de l'oiseau la gagnait et son cœur battait de plus en plus vite.

« Ce n'est rien, se dit-elle en s'obligeant à se calmer. Il s'affole toujours pour la moindre chose. Ce n'est jamais aussi grave qu'il l'imagine. »

La Soigneuse en avait assez fait l'expérience pour le savoir. Picouic n'était encore qu'un oisillon la première fois qu'elle l'avait vu arriver dans un état de désespoir total. Il venait de voir des pétales s'envoler d'un pommier en fleurs…

« B-Beck ! Viens vite, bégayait-il. Il neige ! Il ne doit pas neiger au Pays Imaginaire ! Ça n'arrive jamais ! »

Il avait fallu un certain temps à Beck avant de parvenir à lui faire comprendre que les pétales n'étaient que... des pétales.

Il y avait eu aussi la fois où Picouic avait été bouleversé de constater que toutes les belles fleurs jaunes qu'il aimait tant avaient disparu.

« Quelqu'un les a transformées en des espèces de houppettes blanches ! gémissait-il. Et en plus elles tombent en poussière ! »

Patiemment, Beck lui avait expliqué qu'il s'agissait de pissenlits et que c'était de cette manière que les fleurs répandaient leurs graines. Même si le petit oiseau n'avait pas approuvé ce phénomène, il avait fini par se calmer.

Tous ces exemples faisaient que Beck, aujourd'hui, avait la certitude que le problème de

Picouic ne pouvait pas être aussi grave qu'il le croyait.

– D'accord ! lui dit-elle gentiment, consentant à s'arrêter. Dis-moi tout, je t'écoute.

Picouic zigzaguait dans les airs, dans un état d'agitation extrême.

– C'est une urgence, crois-moi, pour l'amour du ciel! pépia-t-il. C'est...

Il s'interrompit. Puis il jeta un coup d'œil par-dessus son aile droite puis par-dessus la gauche. Alors, s'approchant de l'oreille de Beck:

– Ce sont les écureuils! chuchota-t-il.

– Les écureuils? répéta Beck à voix haute. Que se passe-t-il donc avec les écureuils?

– Chut! gémit Picouic en reculant. Pas si fort! Ils nous écoutent peut-être! Ils sont partout...

De nouveau, le colibri épia ses arrières. Puis il continua, toujours en chuchotant:

– Ils sont si bizarres! Il veulent toujours tout amasser. Je crois qu'ils nous en veulent, à nous autres les oiseaux. Ils vont dans les arbres et les buissons, et ils raflent tout: les graines, les glands, les baies. Mais après, figure-toi qu'ils ne les mangent même pas! Ils les emportent avec eux. Tu sais ce que je crois? C'est qu'ils entassent toutes ces provisions uniquement pour en priver les oiseaux !

Picouic s'éloigna de l'oreille de Beck.

– Mais pourquoi font-ils cela, Beck ? interrogea-t-il avec un tel désespoir qu'il en oublia de parler à voix basse. Pourquoi ?

Beck avait écouté attentivement les doléances de Picouic. Elle avait réussi à conserver un air sérieux pendant toutes ses explications. Quand le colibri eut fini, elle n'y tint plus. Elle sourit. Puis elle pouffa de rire. Picouic n'y comprenait rien.

– Qu'y a-t-il de si drôle ? pépia-t-il. C'est très sérieux. C'est une urgence !

La fée lutta pour ne pas se remettre à rire.

– Excuse-moi, Picouic, dit-elle avec beaucoup de douceur. Je comprends que tu sois affolé. Mais il n'y a aucune raison de l'être. Les écureuils ne veulent pas de mal aux oiseaux.

Picouic la regarda d'un air dubitatif.

– Je te dis la vérité, continua Beck. Écoute : il y a des animaux – comme les oiseaux – qui mangent tout de suite ce qu'ils trouvent. Et il y en a d'autres, comme les écureuils, qui mettent de côté une partie de leur nourriture. Ils la conservent jusqu'à ce qu'ils en aient besoin. Tu comprends ?

Picouic écarquillait les yeux.

– C'est vrai ? demanda-t-il.

Beck acquiesça.

– Mais oui ! Ce n'est pas une attaque contre vous ! répéta-t-elle. Les écureuils n'en veulent pas aux oiseaux. Ils font seulement ce qu'ils ont toujours fait depuis qu'ils sont écureuils. Et puis, de toute façon, la nourriture ne manque pas ici, tu ne crois pas ?

La fée regarda Picouic droit dans les yeux.

– Est-ce que ça va aller, maintenant ? lui demanda-t-elle.

Le petit colibri prit un air pensif.

– Ça va aller ! répondit-il alors d'un ton joyeux.

Grâce à Beck, en à peine quelques secondes, Picouic était redevenu un petit colibri insouciant.

– Merci Beck ! s'exclama-t-il en partant comme une flèche.

– À ton service ! répondit la fée.

Elle secoua la tête en souriant.

L'après-midi même, Beck était assise toute seule à la table des Soigneuses dans le salon de thé de l'Arbre-aux-Dames. Elle avait cinq minutes d'avance sur les autres. En les attendant, elle se servit une infusion de menthe qu'elle se mit à boire à petites gorgées.

La fée regarda autour d'elle. Elle aperçut son amie Clochette à la table des Rétameuses et lui adressa un signe de la main. Puis la jolie Rosetta entra et alla s'installer à la table des Jardinières.

Dulcie, une fée Pâtissière, s'approcha de celle des Aquatiques et commença à faire passer des gâteaux au groupe de fées affamées.

Le salon de thé était l'une des pièces les plus joliment décorées de l'Arbre-aux-Dames. Les murs étaient recouverts d'herbe pâle du Pays Imaginaire. Le lustre au plafond était en argent et étincelait de mille feux. Le sol était garni d'un tapis floral épais, qui resplendissait de couleurs. Et toute la pièce était éclairée par de hautes fenêtres qui allaient du sol jusqu'au plafond et par lesquelles le soleil entrait à flots.

Beck adorait l'emplacement de la table des Soigneuses, juste à côté d'une fenêtre. La fée était en train de rêvasser en regardant dehors, quand Fawn s'assit à côté d'elle. Elle vit que la robe de son amie portait une grosse tache violette sur l'épaule.

– Mais que t'est-il arrivé? lui demanda Beck en souriant.

Tendant la main pour attraper la théière au milieu de la table, Fawn se servit une tasse de thé avant de répondre.

– Une mûre m'est tombée dessus, dit-elle enfin. Tu sais, tout à l'heure, quand tu es partie raccompagner le petit raton laveur chez lui, je suis allée remonter le moral à un caméléon qui broyait du noir aujourd'hui. Il avait des bleus à l'âme, si tu vois ce que je veux dire !

Fawn ne put s'empêcher de sourire à sa petite blague.

– Puis je suis revenue à l'Arbre-aux-Dames et au moment où j'atterrissais dans la cour... PLAF !

La fée haussa les épaules.

– Pas de chance, dit-elle, ça arrive.

Beck haussa aussi les épaules. Les fées du Pays Imaginaire passaient leur temps à esquiver toutes sortes d'objets : les gouttes de pluie tombant du ciel, les feuilles et les brindilles arrachées aux arbres, les baies qui se détachaient des buissons. Elles devaient tout le temps faire attention. Mais cela n'était pour elles qu'un petit désagrément. En revanche, les faucons, qui pouvaient fondre du ciel et emporter une fée en une fraction de seconde, constituaient eux un véritable danger. C'est pour cette raison que les fées de Pixie Hollow avaient des Éclaireurs qui guettaient continuellement les oiseaux de proie. Quant aux mûres, elles pouvaient salir les vêtements, mais il était rare qu'elles tombent directement sur la tête d'une fée.

Sur ces entrefaites, trois autres Soigneuses, Terra, Madge et Finn, rejoignirent la table. Elles se versèrent du thé, tandis que Dulcie leur apportait un plateau de galettes au beurre en forme d'étoiles. Toutes les convives tendirent le bras en même temps pour se servir.

– Doucement, doucement ! protesta Dulcie en repartant vers les cuisines. Il y en a encore plein d'autres qui arrivent...

– Tant mieux, dit Finn en faisant un signe de tête en direction de la porte du salon de thé. Parce que voilà Cora qui nous rejoint et j'ai l'impression qu'elle a besoin d'un remontant !

En effet, celle-ci s'affala sur le dernier siège libre avec un grand soupir de lassitude. Nul besoin d'être devin pour comprendre ce qui lui était arrivé. Ses longs cheveux blonds étaient trempés de jus violet qui lui dégoulinait sur le front. En voulant s'essuyer, la fée s'en était étalé sur toute la figure.

– Toi aussi, Cora ? interrogea Fawn en lui montrant sa robe tachée à l'épaule.

La fée regarda la tache avec étonnement.

– C'était une mûre ? demanda-t-elle.

Comme Fawn acquiesçait, Cora reprit :

– La mienne m'est tombée dessus de je ne sais où ! dit-elle. Et j'ai même failli en prendre une deuxième...

À ces mots, Beck fronça les sourcils.

44

– C'est tout de même une drôle de coïncidence, dit-elle. Deux fées touchées par des mûres le même jour... Ça n'arrive pas souvent.

Mais, à l'autre bout de la table, Finn fixait quelque chose par-dessus l'épaule de Beck.

– Disons plutôt trois fées, rectifia-t-elle.

– Quoi? s'écria Beck en se retournant.

Finn disait vrai. À la table des Artistes, un homme-hirondelle avait une grosse éclaboussure violette sur la jambe gauche.

– Eh bien moi, j'en compte quatre! déclara Madge.

Elles se tournèrent toutes en même temps. À l'autre bout de la pièce, une Décoratrice s'essuyait du jus violet derrière le cou.

– Non! corrigea Fawn en esquissant un mouvement de menton vers la porte du salon de thé. Cinq!

En effet, Lympia, une Blanchisseuse, venait d'entrer. Deux grosses éclaboussures – l'une sur le

45

bras droit et l'autre sur l'aile gauche – montraient qu'elle avait été touchée elle aussi. Que se passait-il donc ?

– Ça ne peut pas être une coïncidence, souligna Beck. Cinq fées touchées par des mûres le même jour, le même après-midi ? C'est impossible.

À ce moment précis, on entendit un petit tapotement sonore contre la vitre de la fenêtre. Les six Soigneuses sursautèrent sur leur siège. C'était Picouic. Le petit colibri voletait à l'extérieur du salon en essayant d'attirer leur attention. Il frappa de nouveau la vitre à l'aide de son long bec mince.

Avançant la main, Madge ouvrit la fenêtre. Picouic se posa sur l'appui.

– B-B-Beck ! pépia-t-il, tout essoufflé. Viens v-v-vite. C'est une urgence !

Toutes les Soigneuses se tournèrent en même temps vers Beck, le sourire aux lèvres. Elles savaient bien, elles aussi, à quel point Picouic pouvait s'emballer.

Madge tapota doucement la tête du petit oiseau.

– Allons, allons, Picouic, dit-elle en langage Oiseau. Ce n'est sûrement pas si grave !

– Tiens, sers-toi ! ajouta Finn en lui offrant une galette. Ça te fera du bien.

Mais les Soigneuses savaient pertinemment que Beck était la seule qui possédait assez de patience pour apaiser le petit oiseau.

Effectivement, il refusa la galette.

– Vous ne comprenez pas ! cria-t-il en sautant de l'appui de la fenêtre et en se mettant à sautiller çà et là. Une bataille a éclaté ! B-B-Beck, tu dois faire quelque chose ! Tu d-d-dois arrêter ça !

Beck regarda le colibri de biais.

– Une bataille ? dit-elle, sans y croire.

Même de la part de Picouic, cette déclaration semblait vraiment excessive. Pourtant, ce que dit ensuite le petit colibri laissa les fées muettes de stupeur :

– Oui, une bataille ! s'exclama-t-il. La Bataille des mûres !

4

Beck sortit du salon de thé en quatrième vitesse. Elle traversa à tire-d'aile le hall d'entrée de l'Arbre-aux-Dames et se retrouva dehors, où elle rejoignit Picouic, à côté de la fenêtre du salon de thé.

– Picouic ! Que veux-tu dire au j...

C'est alors que, du coin de l'œil, elle vit une mûre qui tombait droit sur elle. Elle fit un bond de côté et la mûre rata de peu son épaule gauche.

– Explique-moi... Que veux-tu dire quand tu parles d'une Bataille des mûres ? acheva-t-elle.

Très excité, le petit colibri s'embarqua dans une grande explication. Il pépiait presque aussi vite que ses ailes battaient, de sorte que Beck ne pouvait capter que des bribes de phrase. Elle comprit plus ou moins que les écureuils « avaient volé un nid de colibri », que les colibris « ripostaient en tirant des salves de mûres », qu'il était question de « défendre nos buissons » et de « tenir les écureuils en respect ». Mais plus Picouic donnait d'explications, moins Beck comprenait.

– D'accord, Picouic ! lui dit-elle en l'interrompant calmement. Écoute, voilà ce qu'on va faire : plutôt que de m'en parler, tu vas me montrer ce qui se passe. Allons-y, on tirera les choses au clair tous les deux là-bas.

Satisfait de cette décision, Picouic s'envola. Beck le suivit, non sans difficulté. Il n'était pas toujours aisé de voler comme un colibri, surtout comme celui-là ! La Soigneuse allait aussi vite que lui mais, contrairement au vol régulier d'une fée du Pays Imaginaire, les mouvements d'un colibri sont imprévisibles. Quand elle était certaine que Picouic allait se précipiter contre un arbre, il faisait un crochet au dernier moment en esquivant les branches : ou bien il bondissait au-dessus, ou bien il plongeait au-dessous.

Et Beck tentait tant bien que mal d'imiter sa folle trajectoire, tandis que le colibri se dirigeait à toute hâte vers le nord-est du Pays Imaginaire.

Enfin il s'arrêta dans une clairière et alla se percher sur un buisson de ronces couvert de mûres. Beck se posa à côté de lui. Elle regarda autour d'elle. Tout semblait normal. La forêt était parfaitement tranquille, comme d'habitude.

Mais Picouic demeurait silencieux. Il ne bougeait pas d'une patte. Cette attitude était si étonnante de la part du colibri que la curiosité de Beck s'éveilla.

– Picouic… commença-t-elle.

– Chut ! fit Picouic.

Il désigna la clairière de l'aile.

– Regarde, chuchota-t-il brièvement.

Inclinant la tête, Beck attendit. Au bout de quelques instants, un écureuil surgit derrière un buisson d'aubépine, un peu plus loin. Il regarda à gauche, puis à droite, avant de lever les yeux vers les arbres. Apparemment rassuré, il traversa la clairière en sautillant en direction du buisson de mûres. Mais, parvenu à mi-distance, il s'arrêta. S'asseyant sur ses pattes arrière, il huma l'air. Beck pouvait ressentir toute son impatience et sa nervosité. L'écureuil brûlait d'envie de mettre la patte sur quelques-unes des mûres qui se trouvaient dans le roncier.

C'est alors que, soudain, ce dernier parut s'animer. Avec stupéfaction, Beck s'aperçut qu'il était rempli de colibris. Il y en avait des jeunes et des vieux, des mâles et des femelles. Beck n'avait pas remarqué leur présence jusque-là, car ils étaient disséminés de haut en bas du buisson.

La fée se mit à les observer. Ils s'étaient organisés par équipes de deux. L'un courbait une branche, tandis que l'autre plaçait une mûre à son extrémité. Soudain, tous en même temps, les colibris lâchèrent les branches et une averse de mûres s'abattit sur l'écureuil. Certaines manquèrent leur but. D'autres dévièrent vers la gauche, la droite, ou partirent en arrière. Ces dernières retombèrent vers le mûrier en frappant l'un des colibris à la tête. Mais la plupart atteignirent l'écureuil. Celui-ci eut à peine le temps de se retourner avant d'être bombardé. Une mûre s'écrasa sur sa queue, une autre derrière sa tête et trois autres le frappèrent dans le dos. Certaines le frôlèrent seulement, mais c'était suffisant pour que, tout dégoulinant de jus, l'écureuil reparte vite fait d'où il était venu et disparaisse derrière l'aubépine.

– Hourrah !

Une salve de pépiements victorieux s'éleva du buisson de mûres.

Tout s'était passé si vite que Beck n'avait pas eu le temps de réagir. Mais à présent, elle se sentait choquée par l'agression à laquelle elle venait d'assister. Pour une fois, Picouic avait raison. C'était bien une urgence. Des colibris qui

attaquaient un écureuil à coups de mûres ? Que se passait-il donc ? Faisant irruption du buisson, la fée se retourna pour faire face aux colibris en voletant sur place.

– Arrêtez ! arrêtez ! s'époumona-t-elle en levant les bras. Mais qu'est-ce qui vous prend ? Pourquoi avez-vous fait cela à cet écureuil ?

– Oh, bonjour à toi, Beck ! s'écria une voix qui venait du buisson.

Beck plissa les yeux pour essayer de distinguer qui lui parlait. D'une branche basse surgit alors Birdie, l'une des plus vieilles femelles colibris de Pixie Hollow. Beck la connaissait depuis très longtemps. C'était un vieil oiseau qui avait son franc-parler et ne s'en laissait pas conter.

– Je vois que tu es au courant de notre... problème, commença-t-elle en venant voleter à côté de Beck.

Celle-ci haussa les épaules.

– Oui. Enfin, non… Pas vraiment, répondit-elle. J'ai effectivement entendu dire qu'il y avait un problème. Mais je n'y comprends rien. Tu peux m'expliquer ce qui se passe, s'il te plaît?

Birdie poussa un profond soupir.

– Il faut bien qu'on se défende, tu n'es pas de mon avis? dit-elle.

Ces mots rendirent Beck encore plus perplexe.

– Vous défendre? demanda-t-elle. Mais contre qui?

– Mais contre les écureuils, pardi! s'exclama Birdie. Ils ont volé un de nos nids. Il était là, posé sur l'une de ces branches, continua-t-elle en désignant le buisson du bout de son aile, et l'instant d'après, il avait disparu. Et comme par hasard, au même moment, un écureuil était en train de fouiner dans les parages! Presque tous les colibris l'ont vu…

Beck réfléchit à ce qu'elle venait d'entendre.

– Quelqu'un a-t-il vu de ses yeux l'écureuil emporter le nid? interrogea-t-elle.

– Eh bien, avoua Birdie, en fait non... Mais tu connais les écureuils, Beck? Ils amassent. Ils entassent. Ils cachent tout. Je suis sûr que ce sont eux qui ont fait le coup. Nos nids sont très bien faits, tu sais, ajouta-t-elle en bombant le torse de fierté. Les écureuils veulent sûrement s'en servir pour tapisser une de leurs chambres souterraines ou Dieu sait quoi... Mais ils n'ont pas le droit de nous faire ça. Ils n'ont pas le droit de nous voler un de nos nids! Alors, tant qu'ils ne nous l'auront pas rendu ou qu'ils ne se seront pas excusés, ils ne seront pas les bienvenus dans nos buissons. On ne les laissera pas se servir de nos mûres. Et s'ils s'approchent trop... eh bien... ils verront!

5

Beck ne réussit pas à raisonner Birdie. Pourtant, ce ne fut pas faute d'essayer. Elle fit valoir qu'il y avait probablement une explication bien innocente à la disparition de ce nid. Ils la trouveraient sûrement, souligna-t-elle. Pour cela, il vaudrait mieux en parler avec les écureuils plutôt que de leur lancer des mûres...

Mais Birdie ne voulait pas écouter. Elle était persuadée que les écureuils étaient des voleurs.

De leur côté, les écureuils étaient tout aussi convaincus que les colibris étaient de sales bêtes agressives. Beck les trouva en train de méditer leur revanche contre les oiseaux. Oncle Munk, l'un des anciens, palabrait avec cinq de ses congénères non loin de l'entrée de son terrier.

La Soigneuse leur rapporta ce qu'avaient dit les colibris, pensant les calmer.

– Évidemment qu'on n'a pas pris leur nid ! se récria Oncle Munk en caquetant d'indignation. Que pourrait-on bien faire d'un nid de colibri ?

– Ah, tant mieux ! répondit Beck, soulagée. Ce n'est donc qu'un malentendu. Tout va pouvoir s'arranger.

Mais, hélas ! ce n'était pas aussi simple. Les écureuils étaient vraiment très en colère. Ils s'étaient fait bombarder en trop grand nombre par les colibris.

– Où qu'on aille à Pixie Hollow, on se prend des tirs de mûres ! se plaignit Oncle Munk à

la fée. Or, c'est le moment pour nous de faire nos réserves de nourriture, sinon nous mourrons de faim. Alors, on est bien obligés de se défendre, tu ne crois pas ?

Là-dessus, le vieil écureuil retourna à son plan de représailles. C'était lui qui donnait les instructions.

– Voici comment on va faire, expliqua-t-il à ses lieutenants qui se penchaient pour l'écouter. D'abord, on va se disposer en éventail autour du buisson de mûres, mais à distance, pour ne pas se faire repérer. Puis, une fois sur place, on creusera des tunnels en direction du buisson. Oh, ça n'ira pas vite ! souligna-t-il. Ça prendra des jours, peut-être même des semaines. Mais, quand on arrivera aux racines du roncier, on surgira de terre tous ensemble. Et là, on prendra les mûres de force. Qu'ils essayent un peu de nous arrêter !

Beck n'en croyait pas ses oreilles. Il fallait qu'elle arrête cette escalade de haine, avant que ça ne dérape complètement. Il devait bien y avoir un moyen, mais lequel ? Cette situation était des plus inquiétantes. Si elle ne trouvait pas très vite une idée, la petite querelle du début risquait de prendre des proportions démesurées.

La fée en était là de ses réflexions quand une petite fille écureuil qui s'appelait Nan déboula à toute allure de derrière un arbre.

– Au secours ! cria-t-elle. Abritez-vous ! Abritez-vous !

À peine eut-elle prononcé ces mots qu'une pluie de mûres s'abattit derrière elle en la ratant de peu. Filant en droite ligne jusqu'au terrier d'Oncle Munk, elle plongea la tête la première dans l'ouverture. Les tirs de mûres se rapprochaient de plus en plus d'Oncle Munk et de ses acolytes, qui durent s'enfuir à leur tour. À la suite de Nan, ils plongèrent l'un après l'autre dans le terrier.

Beck resta seule devant l'entrée. Elle évita une mûre, puis une autre. Une troisième passa très haut au-dessus de sa tête en décrivant un grand arc de cercle. Elle retombait vers le sol quand, à ce moment précis, une vieille taupe sortit de derrière son arbre. Elle se promenait tranquillement, sans se douter qu'elle était exactement sur la trajectoire de la mûre.

Cette vieille taupe n'était autre que Grand-Père Taupe. La mûre tomba pile sur sa tête. PLAF!

Le promeneur s'arrêta net, puis, se tâtant de la main, il constata que sa tête était toute dégoulinante. Regardant par-dessus son épaule, il adressa un clin d'œil à Beck.

– Belle matinée, n'est-ce pas, monsieur? lança-t-il. Et quelles sacrées gouttes de pluie nous avons aujourd'hui!

6

Grand-Père Taupe n'était pas si loin que cela de la vérité. En l'espace de quelques jours, il se mit à tomber une pluie continuelle de mûres sur Pixie Hollow.

Très vite, de nombreuses fées prirent leur parapluie en pétales de fleur chaque fois qu'elles sortaient. Hélas! comme elles le découvrirent rapidement, les délicats parapluies en pétales ne résistaient pas longtemps au bombardement incessant des mûres.

– Ouf, sauvée ! s'écria Silvermist, une Aquatique, déboulant en catastrophe dans le grand hall d'entrée de l'Arbre-aux-Dames.

Son parapluie en pétales de nénuphar était recouvert de jus de mûre et il s'était retourné. La fée avait été frappée de plein fouet par plusieurs projectiles. Elle secoua son parapluie pour essayer de le refermer, en vain.

– C'est mon quatrième parapluie en deux jours ! se lamenta-t-elle.

Entendant Silvermist, Beck s'avança pour l'inviter à s'approcher de la table où l'on échangeait les parapluies.

– Viens, lui dit-elle en lui faisant traverser le hall.

De l'autre côté se trouvait une table en écorce, derrière laquelle étaient assises Rosetta et trois autres Jardinières.

– Voilà, expliqua Beck à Silvermist. Tu peux déposer ici ton parapluie hors d'usage et en

prendre un neuf à la place. Les Jardinières se serviront de ton vieux parapluie pour faire de l'ombre aux plantes. Comme ça, tout le monde y gagne !

C'était la Soigneuse qui avait eu l'idée d'organiser l'échange des parapluies abîmés. La Bataille des mûres compliquait beaucoup la vie des fées de Pixie Hollow et, en tant que spécialiste des animaux, Beck se sentait une certaine responsabilité dans ce conflit. Ce n'était pourtant pas faute de tout mettre en œuvre, avec ses consœurs, pour tenter d'y mettre fin. Au cours des derniers jours, outre les visites qu'elles avaient rendues à Maman Colombe pour lui demander conseil, elles s'étaient rendues de nombreuses fois dans chaque camp. Mais les fées avaient beau essayer de raisonner les protagonistes, colibris comme écureuils campaient sur leurs positions.

Aussi Beck avait-elle voulu faire tout de suite quelque chose pour faciliter la vie des fées. Elle avait demandé l'aide de ses amies Jardinières, qui étaient expertes en fabrication de parapluies en pétales et ne demandaient qu'à se rendre utiles. L'idée de l'échange des parapluies semblait avoir bien pris. Cela faisait à peine une heure que les Jardinières s'étaient installées, et elles avaient déjà récupéré dix parapluies cassés.

L'une d'elles s'empara de celui que Silvermist lui tendait. À côté d'elle, Rosetta remarqua que Beck semblait distraite. La Soigneuse jetait sans arrêt des coups d'œil par la fenêtre.

– Tu sais, Beck, on se débrouille bien toutes seules ! dit-elle en souriant à son amie. Je veux dire que, si l'on a besoin de toi ailleurs…

La Jardinière ne s'était pas trompée. Beck mourait d'impatience d'aller voir où en était le conflit. Peut-être y a-t-il du nouveau, se disait-elle. Peut-être avait-on prononcé une trêve. Ou peut-être trouverait-elle aujourd'hui le moyen de les convaincre de ne plus se battre…

– Merci Rosetta! répondit-elle avec reconnaissance.

Elle sourit à la fée en lui adressant un salut de la main. Mais, parvenue à la porte, Beck se ravisa et fit demi-tour. Tendant la main vers la pile de parapluies neufs, elle en prit un en pétales de pâquerettes.

– Tu permets? demanda-t-elle à Rosetta.

– Bien sûr que non! plaisanta celle-ci.

Ainsi équipée, Beck se glissa au dehors. Presque immédiatement, une mûre s'écrasa sur son parapluie. La fée vola le plus vite possible à travers la pluie de mûres en les évitant de son mieux. En fait, elle n'avait qu'un court trajet à faire à découvert. Dès qu'elle aurait atteint le grand chêne au tronc creux, elle pourrait poursuivre son voyage sous terre, en empruntant le réseau de tunnels qui appartenaient au domaine des Soigneuses.

En effet, il y avait bien longtemps, si longtemps que Maman Colombe était la seule à s'en souvenir, les Soigneuses avaient construit un immense réseau de tunnels qui s'étendait sous tout le Pays Imaginaire. Pour toutes les autres fées, ce réseau était un labyrinthe inextricable, alors que les Soigneuses s'en servaient couramment pour se rendre là où elles voulaient, sans être vues ni mettre un pied dehors. Les tunnels serpentaient à travers des terriers, des arbres creux et des tanières, dont la plupart abritaient encore des familles d'animaux. Beck les connaissait comme le fond de sa poche. Aussi s'était-elle dit qu'ils constituaient le meilleur moyen de se déplacer, tant que la Bataille des mûres ferait rage.

Elle décida d'aller voir d'abord les écureuils. Plongeant par une petite cavité à la base du grand chêne, elle prit à toute allure un tunnel qui menait jusqu'à la Barbotine. Arrivée là, elle remonta le long du tronc d'un érable creux pour surgir à l'air libre, avant de s'enfoncer à nouveau sous terre en passant par l'intérieur d'une branche creuse qui enjambait la rivière. Quelques secondes plus tard, la fée arrivait à un carrefour. Elle s'engagea dans le tunnel qui partait vers le nord en desservant une enfilade de terriers de renards abandonnés par leurs occupants.

Alors qu'elle arrivait au premier de ces terriers, la fée rencontra Fawn qui venait en sens inverse.

– Fawn ! s'écria Beck, dont le visage s'éclaira. Je vais voir les écureuils. As-tu de bonnes nouvelles à m'apprendre ?

En se rembrunissant, Fawn fit non de la tête.

– Je viens du camp des colibris, dit-elle. Ils n'en démordent pas. Il n'y a aucun signe d'apaisement ni d'un côté ni de l'autre. Mais maintenant que j'y pense, ajouta-t-elle en s'animant, il y a tout de même une bonne nouvelle !

Le scintillement de Beck en rougeoya d'excitation.

– Voilà qui me ferait du bien ! s'écria-t-elle. Alors, qu'est-ce que c'est ?

– Tu sais que les écureuils avaient décidé de creuser des tunnels jusqu'au mûrier ? dit Fawn. Eh bien, figure-toi que leur plan a échoué.

– Que veux-tu dire par échouer ? répondit Beck, perplexe. Que s'est-il passé ?

À ce moment précis, elles perçurent un grattement étouffé qui provenait du tunnel partant vers le nord.

– Voilà qui répondra à ta question ! dit Fawn en esquissant un signe du menton.

Intriguée, Beck s'avança un peu dans le tunnel et se mit à en scruter les profondeurs. Le bruit se faisait plus fort... et plus proche. C'est alors qu'une grosse patte surgit du sol. Comme une pelle, elle se mit à rejeter la terre pour agrandir l'ouverture. Apparut alors une tête couverte de fourrure et dotée d'un museau allongé et de

petits yeux en boutons de bottine qui regardaient en tous sens. C'était Grand-Mère Taupe. Elle repéra aussitôt Beck et Fawn.

– Oups ! fit-elle.

Puis elle se retourna pour s'adresser à ses congénères qui se trouvaient derrière elle.

– Arrière ! Sonnez la retraite ! Vite ! ordonna-t-elle. Nous avons eu une fausse information ! Ce n'est pas un tunnel creusé par les écureuils, il appartient aux fées. Abandonnez la mission ! Je répète : abandonnez la mission immédiatement !

Beck était stupéfaite. Elle n'avait aucune idée de la mission que Grand-Mère Taupe commandait, mais son intuition lui soufflait qu'elle avait forcément un rapport avec la Bataille des mûres. Et cela ne pouvait signifier qu'une seule chose : les taupes avaient choisi leur camp.

7

Beck avait vu juste. Les taupes avaient pris le parti des colibris dans la Bataille des mûres.

– Mais pourquoi? demanda Beck à Grand-Mère Taupe.

Les deux fées voletaient de part et d'autre de la vieille taupe dans le tunnel obscur.

– Pourquoi as-tu voulu te mêler à tout cela? insista la Soigneuse.

Grand-Mère Taupe poussa un grognement.

– Eh bien, dit-elle, au départ, on ne voulait pas ! Et puis ces affreux écureuils ont commencé à creuser partout, sous tous les buissons de mûres de Pixie Hollow et en passant à travers nos propres tunnels. Ce n'est pas correct. Ils ont abîmé de nombreuses parois en creusant et en labourant n'importe comment. On a dû faire plein de réparations !

Grand-Mère Taupe haussa les épaules :

– Il fallait bien se décider à faire quelque chose !

À l'expression de Fawn, Beck comprit qu'elle savait déjà en quoi consistait ce « quelque chose ». La fée avala sa salive. Jusqu'où les uns et les autres étaient-ils capables d'aller ? En effet, Grand-Mère Taupe lui expliqua non sans satisfaction que les taupes avaient effectué de « menus travaux » dans les tunnels des écureuils.

– Quand ils ont fini de creuser pour la journée, dit-elle avec un petit air malin, nous

nous dépêchons de construire d'autres tunnels qui s'entrecroisent avec les leurs. Les écureuils reviennent le lendemain et, évidemment, ils ne retrouvent plus leur chemin !

Grand-Mère Taupe retint un gloussement de joie.

– On les a tellement bien baladés qu'ils ne savent même plus reconnaître leur droite de leur gauche !

Beck soupira. Tout cela était très inquiétant. De plus en plus d'animaux étaient impliqués dans la Bataille des mûres.

– Si je comprends bien, dit-elle en hochant la tête tristement, nous avons maintenant les colibris et les taupes contre les écureuils...

– En fait, Beck, reprit Fawn en s'éclaircissant la voix, ce sont plutôt les colibris et les taupes contre les écureuils... et les souris.

Quelques instants plus tard, hors d'haleine, Beck arrivait au camp des écureuils, à proximité

81

du terrier d'Oncle Munk. Elle ne voulait pas croire que les souris étaient entrées en guerre, elles aussi.

Mais dès qu'elle parvint au camp des écureuils, elle comprit que c'était vrai. La petite Nan, cette jeune écureuil que Beck avait vu plonger dans le terrier d'Oncle Munk quelques jours plus tôt, lui confia les derniers événements. Nan était une petite écureuil très timide et tranquille. Elle ne parlait pas beaucoup à ses congénères, et encore moins aux fées. Le jour où, il y avait des lunes de cela, elle avait rencontré Beck pour la première fois, elle avait mis beaucoup de temps à lui accorder sa confiance. Maintenant elle se sentait aussi à l'aise avec Beck qu'avec sa propre famille.

– Les colibris ont touché accidentellement un bébé souris avec une mûre, expliqua-t-elle à la fée. Oh! ce n'est pas la première souris à se prendre une mûre, parce qu'ils ne visent pas toujours très bien, tu sais. Mais cette fois-là, c'était un bébé. Le pauvre chou était complètement trempé et terrorisé. Voilà comment les souris se sont mises dans notre camp...

Beck conduisit Nan à l'écart des combats, à l'entrée d'un tronc d'arbre mort. De là, la fée et l'écureuil avaient une vue d'ensemble sur la bataille.

Ce n'était pas beau à voir. À leur gauche, dissimulés dans le buisson de ronces, les colibris projetaient des mûres sur les écureuils. À leur droite, massés dans les branches de l'aubépine, ceux-ci ripostaient. Entre les deux, une multitude de souris se faufilaient en tous sens pour ramasser les mûres qui tombaient au sol encore intactes. Après quoi, détalant vers l'aubépine, elles remettaient ces mûres aux écureuils, lesquels les posaient en équilibre sur leur queue pour les renvoyer sur les colibris.

Beck désigna du doigt une hirondelle qui plongeait vers le camp des écureuils, une mûre dans le bec. Elle n'en croyait pas ses yeux...

– Que fait cette hirondelle? demanda-t-elle en exprimant à voix haute son inquiétude.

– Oh! fit Nan, j'avais oublié de te le dire: les hirondelles se sont mises du côté des colibris. Comme les mésanges et les rouges-gorges.

Beck leva les yeux. En effet, des nuées d'oiseaux bombardaient l'aubépine en piquant vers le buisson. Les mûres volaient et tombaient de tous côtés. La Bataille des mûres dégénérait complètement...

C'est alors que la fée aperçut le petit Picouic qui passait à toute allure à côté de leur tronc d'arbre mort. Il ne les voyait pas tant il était occupé à éviter les jets de mûres.

– Picouic! appela Beck.

Le petit colibri la chercha des yeux.

– Ici ! cria Beck. Dans le tronc d'arbre !

Picouic vit enfin la fée. Volant vers elle, il se posa à ses côtés.

– Ouf ! fit-il en secouant ses plumes pour enlever le jus de mûre qui avait éclaboussé l'une de ses ailes. Ça d-d-devient de plus en plus dange-reux de se d-d-déplacer par ici !

Levant les yeux, il aperçut alors Nan qui se tenait derrière la fée.

– Oh! dit-il en ouvrant de grands yeux. Mais c'est un éc-éc-écureuil !

Beck sourit, puis elle s'écarta de manière à ce que Picouic et Nan se retrouvent face à face.

– C'est bien cela, dit-elle en langage Oiseau. C'est un écureuil. Une petite fille écureuil. Elle s'appelle Nan.

Se tournant de l'autre côté, elle s'adressa à Nan en langage Écureuil :

– Nan, je te présente Picouic ! dit-elle.

Il y eut un long silence gêné. Picouic regardait Nan. Nan regardait Picouic. Leurs familles étaient en guerre l'une contre l'autre. Il leur semblait à tous deux qu'ils devraient peut-être se battre, eux aussi. C'était peut-être ce qu'ils étaient censés faire... Mais, savez-vous quoi ? En fait, aucun des deux n'en avait très envie.

Beck observait Picouic et Nan s'épier l'un l'autre avec curiosité. À chaque fois que leurs regards se rencontraient, ils se détournaient avec gêne. Picouic gardait les yeux au sol. Nan tiraillait son oreille. Puis, tout doucement, leurs regards allaient de nouveau à la rencontre l'un de l'autre. Ce fut Picouic qui posa la première question.

– Où habite-t-elle ? pépia-t-il à Beck.

Celle-ci pointa son doigt vers l'est.

– Par là-bas, répondit-elle. Au-delà de l'aubépine, après la rivière, dans un petit terrier.

– Où habite-t-il ? demanda alors Nan à Beck.

Beck montra l'ouest :

– Dans un grand buisson de mûres par là, assez loin.

– Est-il ton ami ? demanda Nan.

– Bien sûr ! répondit Beck. Et tu ne devineras jamais, il adore jouer à cache-cache...

Beck savait que Nan adorait aussi jouer à cache-cache. Or, depuis que la Bataille des mûres avait éclaté, personne ne jouait plus à rien.

– C'est vrai ? répondit Nan timidement.

Tu crois qu'il voudrait bien jouer à cache-cache avec moi?

Beck se tourna vers Picouic.

– Nan veut savoir si tu accepterais de jouer à cache-cache avec elle, dit-elle.

Picouic sauta en l'air de joie et se mit à voleter devant Nan.

– Ouais! répondit-il.

Il était si excité qu'il sauta tête par-dessus queue et fit un looping à l'envers.

Beck n'eut pas besoin de traduire : Nan avait compris. Elle couvrit ses yeux avec ses pattes, pendant que Picouic allait se cacher. Volant jusqu'à l'autre extrémité du tronc, le colibri se cacha derrière une feuille. Puis Nan ouvrit les yeux et commença à chercher. Au moment où elle atteignait la feuille derrière laquelle Picouic se dissimulait, celui-ci en jaillit pour repartir à l'autre bout du tronc. Nan se mit à le poursuivre en riant.

Beck riait aussi en les regardant. Ils étaient si heureux de devenir amis qu'ils en avaient complètement oublié sa présence. La fée se retourna pour regarder dehors, vers le champ de bataille. «Si seulement les grands mettaient de côté leurs querelles aussi facilement que les petits!» pensa-t-elle en soupirant.

C'est alors qu'elle aperçut au loin Terence qui luttait pour passer à travers la pluie de mûres. L'Empoudreur portait une petite citrouille évidée et séchée, remplie de poussière de Fées. C'était lui qui distribuait aux habitants du Royaume des Fées leur ration quotidienne de poussière, à savoir une tasse à thé pleine à ras bord. Sans elle, les fées et les hommes-hirondelles ne peuvent que voleter par petits bonds de trente centimètres. En revanche, la poussière leur permet de voler aussi loin et aussi longtemps qu'ils le veulent. Terence revenait du moulin où l'on fabrique la poussière, et il retournait à l'Arbre-aux-Dames. L'homme-hirondelle essayait tant bien que mal d'éviter les mûres. Beck quitta son refuge pour aller l'aider. Alors qu'elle s'envolait, elle vit une grosse mûre tomber pile sur la boîte de Terence et la lui arracher des mains. Celle-ci tomba et toute la poussière de Fées se répandit à terre.

– Oh Terence! dit Beck en se précipitant vers lui, est-ce que tu es blessé?

– Ça va, grogna l'homme-hirondelle d'un air très contrarié. Mais toute la poussière est gâchée!

Il contemplait tristement la jolie poudre scintillante qui jonchait le sol de la forêt. Beck suivit son regard. La poussière était tombée sur une fourmilière. Sous leur regard éberlué, une myriade de fourmis quittèrent le sol et se mirent à voler en nuées autour d'eux. Il y avait aussi deux araignées et un ver de terre qui voletaient juste à côté de Beck. La fée ne put retenir son rire.

– Au moins, elle n'est pas perdue pour tout le monde ! s'exclama-t-elle.

Terence, quant à lui, ne trouvait pas cela drôle du tout.

– Mouais, fit-il. Mais maintenant... oh, fais attention, Beck !

Il tira la fée, lui évitant de recevoir une mûre sur la tête.

– Je n'ai plus qu'à retourner chercher de la poussière au moulin, soupira-t-il profondément. Tu sais, Beck, je me demande bien jusqu'où ira cette Bataille des mûres...

Le visage de Beck s'assombrit :

– Et pourtant, tu ne sais pas encore tout... répondit-elle.

Et elle lui parla des taupes, des souris, des hirondelles, des mésanges et des rouges-gorges.

– Il n'y a pas un seul animal qui ne soit embarqué dans cette querelle ridicule ! déclara la Soigneuse.

Terence hochait la tête d'un air incrédule.

– Mais que faudrait-il pour qu'ils arrêtent enfin de se battre ? lança-t-il avec désarroi. As-tu une idée ?

Beck ne répondit pas. Elle venait d'entendre Nan et Picouic. À moins qu'elle ne les ait sentis avec son intuition de Soigneuse... La fée ne savait avec exactitude lequel de ses deux sens l'avait alertée. Avait-elle entendu de ses oreilles les appels à l'aide des deux petits ? Ou avait-elle seulement ressenti qu'ils étaient en grave danger ?

Ce qui est sûr, c'est qu'elle sut sans l'ombre d'un doute qu'ils avaient besoin d'elle... et tout de suite. La fée se retourna d'un bloc vers la clairière. Plissant les yeux pour faire une percée à travers les bombardements de mûres, elle repéra enfin le tronc d'arbre mort où elle avait laissé les deux petits. Et ce qu'elle aperçut alors lui arracha un cri de frayeur : un énorme faucon au bec acéré était perché sur le tronc d'arbre. Il penchait la tête en donnant des coups de bec dans l'intérieur du tronc.

Beck savait que Picouic et Nan se terraient à l'intérieur. Elle savait aussi qu'ils ne pouvaient ni reculer ni avancer...

9

La Soigneuse passa à l'action. Traversant le champ de bataille, elle vola droit sur le faucon.

– Cessez le feu! cria-t-elle en Oiseau, puis en Écureuil, en franchissant les premières lignes.

– Je répète: cessez le feu! cria-t-elle une seconde fois.

La fée savait qu'elle ne pouvait affronter seule le faucon. Il lui fallait de l'aide. Beaucoup d'aide. Mais ni les écureuils ni les colibris ne s'étaient

encore aperçus que Nan et Picouic étaient en
danger. Tout en volant et en criant, la fée faisait
de grands gestes avec les bras et, pour attirer
l'attention des belligérants, elle se jeta au milieu
des mûres qui volaient.

– Cessez de vous battre et regardez donc ! hurla-
t-elle encore en montrant le faucon du doigt.

Lentement mais sûrement, les combattants remarquèrent enfin la présence de Beck. Un à un, colibris et écureuils s'immobilisèrent en plein milieu de leurs tirs. Les taupes, dont la tête dépassait du sol, se mirent à regarder la fée d'un air interrogateur. Les souris cessèrent de ramasser les mûres pour l'observer, elles aussi. Les hirondelles, les mésanges et les rouges-gorges se pressèrent pour voler en cercles autour de la Soigneuse, en se demandant pourquoi elle criait si fort.

Tous regardaient maintenant dans la direction indiquée par la fée.

Alors ils virent le faucon. Et également Nan et Picouic.

D'un seul coup, la Bataille des mûres cessa. Beck fut la première à atteindre le tronc d'arbre. Elle comprit aussitôt pourquoi Picouic et Nan ne pouvaient en sortir. Le faucon avait écrasé à coups de bec l'une des deux extrémités du tronc, de manière à ne laisser qu'une seule ouverture libre : celle devant laquelle il était posté. Penché en avant, le rapace scrutait l'intérieur du piège ainsi formé. Il ne pouvait atteindre ses proies parce que le tronc d'arbre était trop étroit pour lui, mais il attendait patiemment le moment où celles-ci tenteraient de s'échapper.

Beck ne s'arrêta même pas pour réfléchir. Elle fondit sur le faucon. Frôlant dangereusement son bec crochu, elle s'éleva droit au-dessus de son crâne. Le faucon se redressa et la suivit des yeux. Beck se mit alors à voler en cercles autour de sa tête. Elle n'avait pas vraiment de plan. Elle espérait seulement détourner son attention assez longtemps pour que les petits puissent s'échapper.

Dès que les colibris comprirent ce que Beck essayait de faire, ils accoururent à son aide. En peu de temps, des dizaines d'oiseaux s'abattirent sur le faucon. Ils lardaient son crâne de coups de leurs longs becs pointus. Ils zigzaguaient devant son nez.

Cette tactique fut fructueuse. Le faucon devint furieux. S'élançant brusquement vers l'un des colibris, il fit claquer son bec sur lui, en manquant son aile d'un millimètre. Encore plus énervé, le rapace se mit à battre des ailes de toute leur envergure pour chasser les oiseaux. Le souffle en fit dévier quelques-uns de leur trajectoire tandis que d'autres, touchés, tombèrent étourdis quelques instants à terre, avant de se lancer de nouveau à l'attaque.

Mais rien de tout cela ne fit bouger le rapace de son poste.

D'autres oiseaux arrivèrent pour relever les colibris fatigués. Tournant autour de sa tête, hirondelles, mésanges et rouges-gorges se mirent à piquer vers lui, les uns après les autres, en le bombardant de mûres. Beaucoup de tirs atteignaient leur cible. Certaines baies touchèrent le rapace à la tête et il en reçut même une, juste entre les deux yeux.

Mais cela ne semblait pas le déranger vraiment. Il remarquait à peine ces projectiles, qui étaient minuscules par rapport à sa taille. Et même pendant que les oiseaux s'acharnaient sur lui, il trouva moyen d'avancer la tête pour tenter d'apercevoir ses deux petites proies au fond du tronc d'arbre creux.

Les animaux comprirent qu'ils devaient trouver un autre moyen pour détourner son attention.

Ce furent les écureuils qui prirent l'initiative. Ils avaient sauté sur des branches que leur poids faisait pencher vers le tronc d'arbre mort, et ils les sillonnaient à toute vitesse. Soudain, au mépris de toute prudence, deux d'entre eux sautèrent sur le cou du faucon. L'oiseau se redressa brutalement. Déployant son aile droite, il s'en balaya la tête pour se débarrasser de ces petits effrontés. Mais les écureuils s'agrippèrent à ses plumes avec les dernières forces qu'il leur restait. Tant qu'ils parviendraient à se cramponner derrière sa tête, ils savaient qu'ils échapperaient à son bec et à ses ailes.

Pendant ce temps, Oncle Munk était passé à l'action. Il longeait silencieusement le tronc d'arbre dans le dos du faucon. Se tenant d'une patte à l'écorce, le vieil écureuil progressait centimètre par centimètre. Soudain, profitant de ce que le faucon tournait la tête de l'autre côté, il trottina à toute vitesse jusqu'à l'entrée du tronc. Après y avoir jeté un coup d'œil furtif, il plongea à l'intérieur. Nan et Picouic se trouvaient bien là.

– Psst! fit-il en leur faisant signe. Allez! Suivez-moi! La voie est libre, mais il faut se dépêcher!

Même sans comprendre le langage de l'écureuil, Picouic s'élança. Mais Nan ne le suivit pas.

– Nan! appela à voix basse Oncle Munk. Dépêche-toi! C'est le moment!

Mais la petite écureuil était paralysée par la peur. Recroquevillée au fond du tronc d'arbre, les yeux écarquillés, elle tremblait comme une feuille.

– Vas-y, toi ! chuchota Oncle Munk à Picouic en lui faisant signe de la patte.

Picouic hésitait. Son regard allait de Nan à Oncle Munk. Il ne voulait pas abandonner sa nouvelle amie. Mais Oncle Munk était une grande personne et Picouic sentit qu'il pouvait lui faire confiance.

Se décidant tout à coup, il passa devant Oncle Munk et vola hors du tronc. Le faucon ne le vit même pas. Il était toujours en train de se secouer pour essayer de se débarrasser des écureuils. En quelques secondes, Picouic était à l'abri. Il se posa sur une branche de mûrier, tandis que tous ses congénères l'entouraient pour s'assurer qu'il était bien sain et sauf.

– T-t-tout va bien, dit-il. Mais Nan...

En effet, la petite écureuil était toujours prisonnière du tronc d'arbre. Et Oncle Munk essayait toujours de la convaincre de s'élancer.

– Tu peux le faire, Nan ! insistait-il. Commence par mettre une patte devant l'autre. Allez, viens vers moi !

Oncle Munk était si occupé par Nan qu'il ne remarqua pas que le faucon s'était débarrassé des écureuils. Ceux-ci détalèrent en vitesse, tandis que le rapace faisait volte-face vers le tronc d'arbre. Et là, il découvrit Oncle Munk.

Beck et tous les animaux retinrent leur souffle.

– Oncle Munk ! appela Beck. Enfuis-toi vite !

Oncle Munk l'entendit. Il leva les yeux et rencontra ceux du faucon, dardés sur lui. Tout fut réglé en quelques secondes. Le rapace se pencha à l'intérieur du tronc, son ombre recouvrit le vieil écureuil et il fondit sur lui. Par miracle, Oncle Munk évita de justesse son bec crochu. Il se retourna et détala si vite que le faucon n'eut même pas le temps de le voir partir.

L'oiseau oublia aussitôt le vieil écureuil. Il s'intéressait bien plus à Nan, coincée dans le tronc d'arbre. Voyant qu'elle s'y trouvait toujours, il s'installa pour attendre tranquillement le moment où elle sortirait. Il semblait n'avoir aucune intention de renoncer à cette proie facile.

Les animaux se regardèrent les uns les autres. Il fallait trouver encore autre chose.

C'est alors que Birdie, la vieille femelle colibri, eut une idée. Comme l'avait fait Beck, elle vola sous le nez du faucon pour attirer son attention, puis se posa sur le sol à une certaine distance du tronc d'arbre. Là, elle se mit à sautiller sur une patte en traînant de l'aile. Le faucon redressa la tête, puis il se pencha en avant pour la regarder plus attentivement.

– Elle fait semblant d'être blessée ! chuchota Beck à Oncle Munk. Elle sait que les faucons s'en prennent d'abord aux proies les plus faciles, comme les jeunes. Mais les animaux blessés sont encore plus aisés à attraper. Elle voudrait que le faucon la poursuive, de manière à l'éloigner du tronc d'arbre.

Ce que faisait Birdie était très courageux. Elle risquait sa propre vie pour sauver celle de Nan.

Beck et Oncle Munk virent le vieil oiseau prendre le risque de tourner le dos au faucon. Lentement, très lentement, elle commença à s'éloigner du tronc d'arbre en sautillant maladroitement. Le faucon ne bougea pas tout de suite. Il se pencha à l'intérieur du tronc pour regarder Nan. Puis il tourna les yeux vers Birdie. Son regard allait de l'une à l'autre. L'oiseau hésitait entre ces deux proies : d'un côté, l'écureuil piégé qu'il ne pouvait atteindre, de l'autre, le colibri blessé qui s'éloignait péniblement. Il devait se décider.

Soudain, étendant ses ailes, il s'élança. Il s'éleva au-dessus de Birdie et s'apprêtait à piquer sur elle quand, au tout dernier moment, celle-ci s'envola. Elle se posa quelques mètres plus loin et se remit à boiter en traînant de l'aile. Le faucon fondit à nouveau sur elle. Une nouvelle fois, Birdie lui échappa de justesse d'un coup d'aile. À chaque fois, elle recommençait le même manège et s'éloignait de quelques mètres de plus. Et le faucon la suivait toujours...

– C'est le moment ! fit Oncle Munk à voix basse.

Il fonça jusqu'au tronc d'arbre, sauta à l'intérieur et courut jusqu'au fond.

– Viens avec moi, Nan ! dit-il. Tu peux le faire !

L'encourageant de la voix tout en la poussant résolument avec les pattes, il la fit enfin sortir du tronc. Tous deux s'enfuirent aussi vite qu'ils le pouvaient. En quelques secondes, ils étaient à l'abri derrière le tronc d'un chêne.

– Birdie ! cria Beck. Ils sont partis, tu peux y aller maintenant ! Ils sont sains et saufs.

Birdie entendit et quand le faucon fondit à nouveau sur elle, elle s'envola pour de bon. Stupéfait, le faucon regarda sa proie lui échapper. C'est alors qu'il se souvint du petit écureuil prisonnier. Il retourna au tronc d'arbre, regarda à l'intérieur, mais il n'y avait plus personne ! L'oiseau de proie fit le tour du tronc en vérifiant que l'écureuil n'était pas caché quelque part : pas de doute, il avait filé. Il regarda ensuite autour de lui, en quête d'une nouvelle proie. Mais il n'y en avait aucune : Beck et tous les animaux étaient bien à l'abri. À court d'idées, l'oiseau renonça et s'en alla.

À ce moment-là, il y eut dans la clairière un immense soupir de soulagement. Les animaux exultaient. Ils s'étaient montrés plus malins que le faucon ! Ils avaient sauvé Nan et Picouic ! Et ils y étaient parvenus ensemble.

10

Les animaux restèrent cachés encore quelques minutes pour être vraiment sûrs que le danger s'était définitivement éloigné. Puis, un par un, écureuils, souris, colibris, taupes, hirondelles, mésanges et rouges-gorges sortirent de leur abri. Lentement et prudemment, ils se rassemblèrent dans la clairière en faisant un grand cercle autour de leurs héros : Oncle Munk, Nan, Picouic, Birdie et Beck.

– Est-ce que ça va, vous deux ? demanda la Soigneuse aux deux petits.

Ils avaient l'air indemnes, mais Beck sentait bien qu'ils n'avaient pas encore surmonté leur frayeur, surtout Nan.

– Moi, ça va, répondit Picouic.

Le petit colibri était étrangement calme. Il ne zigzaguait plus dans tous les sens, comme d'habitude. Beck le regarda en souriant. Peut-être que cette véritable urgence avait épuisé toute son énergie nerveuse ! Mais ce changement était sûrement temporaire. La fée s'attendait à ce que Picouic retrouve bien vite sa vraie nature...

– Et toi, ça va, Nan ? demanda Picouic à sa nouvelle amie.

Beck traduisit et Nan opina silencieusement.

– Ça va aller ! dit Oncle Munk gaiement. Et c'est grâce à toi, vieux piaf ! ajouta-t-il en s'adressant à Birdie. Qu'aurions-nous fait si tu n'étais pas intervenue pour la sauver ? lança-t-il en

oubliant son propre rôle avec modestie. Tu as risqué ta vie pour elle. Comment pourrons-nous jamais te remercier ?

Beck traduisit ces propos à Birdie, qui écarta le compliment d'un mouvement d'aile.

– Tu veux rire ? répliqua-t-elle. C'est toi qui as réussi à sortir Picouic du tronc d'arbre. Tu as autant de mérite que moi. Quant à toi, Beck, continua-t-elle en se tournant vers la Soigneuse, que se serait-il passé si tu n'avais pas été là ? Nous étions tous si absorbés par notre petite... dispute qu'on se serait peut-être aperçus trop tard que les petits étaient en danger de mort.

Beck sourit jusqu'aux oreilles, tandis que son scintillement rougeoyait d'un mélange de fierté et d'embarras.

– Oh, ce n'est rien, dit-elle.

Mais, au fond de son cœur, la fée était infiniment heureuse de s'être rendue utile pour ses amis. Surtout après tous ces jours où elle avait presque désespéré de parvenir à arrêter cette satanée Bataille des mûres !

– Je suis bien contente que toute cette affaire soit terminée, dit-elle avec un petit rire.

Son regard alla d'Oncle Munk à Birdie et c'est alors que son rire mourut dans sa gorge.

– Dites-moi, c'est bien terminé, au moins ? leur demanda-t-elle en leur posant la question en Oiseau, puis en Écureuil. Je veux parler de la Bataille des mûres, bien entendu...

À ces mots, Birdie se balança d'une patte sur l'autre d'un air embarrassé.

– En fait, dit-elle en regardant Oncle Munk, il y a encore ce petit problème du nid à régler. Nous ne l'avons toujours pas récupéré. Je pense qu'il serait vraiment très aimable de la part des écureuils de nous le rendre...

Quand Oncle Munk entendit la traduction de Beck, ses yeux s'agrandirent.

– Mais nous ne l'avons pas pris, ce nid ! se récria-t-il. Je ne sais vraiment pas pourquoi les oiseaux se sont mis ça dans la tête !

Birdie regarda Oncle Munk en plissant les yeux avec défiance. Elle se demandait si elle pouvait le croire. Oncle Munk lui retourna le même regard.

Beck se mit à voleter nerveusement de l'un à l'autre. « Oh non, pensait-elle, c'est reparti ! »

Personne ne parla pendant un long moment. Toute la clairière était devenue silencieuse. Chacun attendait de voir ce qui allait se passer.

C'est alors qu'on entendit un léger bruit qui venait du fond des fourrés.

– Je vous prie de m'excuser ! s'écria une voix aimable.

Au fond de la clairière, les animaux s'écartèrent pour laisser le passage au nouveau venu.

– Je vous demande bien pardon ! continua la voix. Je suis navré ! Oh, que vois-je ? Une petite réunion ?

Le dernier rang des animaux s'ouvrit et Beck vit alors apparaître Grand-Père Taupe. Tout tranquillement, il s'avançait en trébuchant et en se cognant à tout le monde. Comme il passait devant la fée, il souleva légèrement son chapeau.

– Salutations, monsieur ! dit-il. Il y a bien du monde dans la forêt aujourd'hui, n'est-ce pas ?

Il fallut un petit moment à Beck avant de se rendre compte que le chapeau de Grand-Père Taupe n'était pas un chapeau. C'était une masse creuse faite de paille, de mousse d'arbre, de débris de plantes et de toiles d'araignées. En fait, c'était un nid de colibri…

– Ohé, Grand-Père Taupe ! l'appela-t-elle en s'envolant pour le rattraper. Si tu me le permets, dit-elle en se posant devant lui, est-ce que je peux savoir où tu as trouvé cette... chose que tu portes sur la tête ?

Dans la clairière, tout le monde avait reconnu l'objet du délit. Les animaux se montraient du doigt la tête de Grand-Père Taupe en poussant des exclamations étouffées. Le bec de Birdie en béait de stupéfaction.

– Tu veux parler de mon chapeau ? demanda Grand-Père Taupe.

Il se découvrit puis, tenant son chapeau à bout de bras, il le regarda en plissant fortement les yeux.

– N'est-ce pas un chapeau épatant ? s'exclama-t-il. Je l'ai trouvé il y a quelques jours en me promenant. Je passais à côté de ce buisson de mûres, là-bas, dit-il en montrant du doigt le buisson précis où avait disparu le nid de colibri, quand j'ai vu ce chapeau par terre. Oh, bien sûr, je me suis assuré qu'il n'appartenait pas à

quelqu'un. Mais il n'y avait personne en vue. Alors, je l'ai ramassé et je l'ai essayé. Il m'allait à la perfection !

Grand-Père Taupe replaça le nid sur sa tête avec coquetterie.

– Comment me trouves-tu ? demanda-t-il à Beck. C'est la première fois que je le mets. Avec ce drôle de temps que nous avons, il fait bien mon affaire !

Beck n'en croyait pas ses oreilles. Son regard allait de Birdie à Oncle Munk, qui semblaient aussi stupéfaits l'un que l'autre.

Était-ce possible ? Se pouvait-il que le nid soit seulement tombé du buisson ? Grand-Père Taupe l'avait-il donc eu chez lui pendant tout le temps qu'avait duré la bataille ? Les animaux de la forêt s'étaient-ils vraiment entredéchirés à cause d'un stupide malentendu ?

– Eh bien, bon après-midi à tous, mes amis ! salua Grand-Père Taupe en reprenant sa promenade.

Et il s'éloigna de son inimitable démarche zigzagante. Les animaux le suivirent des yeux, médusés.

Puis, soudain, un éclat de rire général éclata. Tout le monde riait : Beck, les colibris, les écureuils, les taupes, les souris, les hirondelles, les mésanges et les rouges-gorges ! Ils riaient parce que ça ne leur était pas arrivé depuis très longtemps. Ils riaient en se revoyant tous, dégoulinants de jus de mûre. Ils riaient de soulagement que cette histoire soit enfin terminée. Et enfin, ils riaient parce que ce cher Grand-Père Taupe était si comique avec son nid de colibri sur la tête !

Ils rirent si fort que plusieurs fées les entendirent d'aussi loin que l'Arbre-aux-Dames. Beaucoup d'entre elles pensèrent que ce rire sonnait la fin de la Bataille des mûres... et elles avaient raison !